JOSEPH LAPALUS

UN RÈGLEMENT

DE COMPTE

PARIS

IMPRIMERIE D. JOUAUST

RUE SAINT-HONORÉ, 338

1872

JOSEPH LAPALUS

UN RÈGLEMENT

DE COMPTE

PARIS

IMPRIMERIE D. JOUAUST

RUE SAINT-HONORÉ, 338

—

1872

UN

RÈGLEMENT DE COMPTE

Çà, Messieurs, voulez-vous qu'on règle votre compte,
Qu'on fasse votre part ou de gloire ou de honte,
Que l'on vous juge enfin, puisque le drame est clos
Où vous prîtes sur vous de jouer les héros ?

Le principal acteur, notre seigneur et maître,
Avec tous les décors venait de disparaître,
Et pour mieux dégrafer son manteau d'empereur
Laissait choir de ses mains l'épée avec l'honneur.
C'était là déserter en soldat mercenaire,
Mais basse est l'action lorsque l'âme est vulgaire :
L'ambitieux, parfois, un jour d'habileté,
Tout en l'escaladant, jusqu'au trône est monté,

Mais il faut être roi pour savoir en descendre.
En lisant notre histoire il aurait pu l'apprendre ;
Il aurait vu que ceux qui menaient aux combats
Les Français d'autrefois étaient de vrais soldats,
Qui n'ont jamais rendu sans qu'elle fût brisée
Leur épée à deux mains toute fleurdelisée !
Interrogeant les morts. et réveillant l'écho
Qui domine Pavie et dort à Waterloo,
D'un soldat et d'un roi dont il n'eut pas la taille
Il eût appris comment, sur un champ de bataille,
On peut parler français à des rois allemands !
Mais ce langage là, les cœurs seuls vraiment grands
L'inspirent aux vaincus dont les lèvres stoïques
Semblent faites exprès pour les mots héroïques,
Comme pour les boulets la bouche des canons !

C'est maintenant à vous à nous dire vos noms,
Nouveaux septembriseurs ! héros de la défense !
O gloire de la gauche ! ô sauveurs de la France !
Qui n'avez pas compris qu'il ne suffisait pas
D'un mot, vieux de vingt ans, pour faire des soldats,
Qui n'avez pas compris qu'il ne faut entreprendre
Que ce que l'on sait faire, et ne pouviez prétendre
Qu'au rôle de tribun et non de dictateur.
Oui, vous savez briser un trône d'empereur,

Envahir un palais, en chasser une femme,
Être le bras d'un peuple au lieu d'en être l'âme,
Publier les secrets de honteuses amours,
Vous battre tous les mois et mentir tous les jours,
Faire un gouvernement dont vous êtes ministres,
Ajouter à Sedan des défaites sinistres :
Châtillon, le Bourget, Buzenval, Montretout,
Ne jamais rien tenir, mais nous promettre tout,
Crier à pleins poumons : *Vive la République !*
Et ne point travailler pour la chose publique ,
Sur un écroulement bâtir votre succès,
Être républicains avant d'être Français ;
Vous savez tout cela : mais savez-vous encore,
Et ceci, nul peut être, hormis vous, ne l'ignore,
Qu'en regardant les deuils groupés autour de lui,
En comparant hier à l'œuvre d'aujourd'hui,
La défaite infligée à la honte subie,
Et la France vaincue à la France avilie,
Chacun dans une haine égale a confondu
Ceux qui prirent Paris et ceux qui l'ont rendu ?

Allez, retirez-vous, je vous livre à l'histoire ,
Quand elle aura parlé de notre vieille gloire
Et montré les sommets des antiques hauteurs,
A ceux qu'étonneront les sombres profondeurs

De la chute et voudront s'expliquer la ruine
Elle dira, montrant vos noms qu'elle burine,
Que profitant un jour d'un moment de stupeur,
Exploitant à la fois la colère et la peur,
Et couvrant de vos cris son douloureux silence,
Vous vous êtes, six mois, imposés à la France !
Qui ne sait commander doit toujours obéir.
Car même au dernier rang un soldat peut servir ;
L'action la plus humble est grande par ses causes ;
A la même hauteur rayonnent ces deux choses :
La victoire d'un chef et la mort d'un soldat.
Vous pouviez donc aller sans galons au combat !

Et toi, peuple, faut-il aussi que je t'appelle
Lion et que, flattant ta crinière rebelle,
Je te répète encor que le rouge va bien
Aux fauves du désert, qu'à toi seul appartient
De tuer sans remords, que ta colère est sainte,
Et ne doit écouter ni défense ni plainte ?
Faut-il te dire enfin que toi seul es la loi,
Que les rois t'ont fait peuple et que Dieu t'a fait roi ?
Eh bien ! non, je ne veux ni mentir ni me taire,
Les deux seules façons d'être lâche et de plaire.
D'autres te salûront, car de tes partisans
Peu sont tes défenseurs, beaucoup tes courtisans

J'entrerai, quant à moi, tout debout dans ton antre
Où, repu, tu t'endors la tête sous le ventre.

Il en est, je le sais, qui croient à ton réveil,
Mais ceux-là qui l'ont vu préfèrent ton sommeil.
Quand s'éteint le Vésuve où couve l'incendie,
Sur les flancs du volcan circule encor la vie,
Et l'Océan qui dort laisse sur ses flots bleus
Les mondes éloignés fraterniser entre eux.
Mais lorsque l'un ou l'autre, éclatant de colère,
Jette l'écume au ciel ou sillonne la terre
De ces sillons de feu qui rongent les cités ;
C'est la mort préparant des deuils de tous côtés,
Abîmant sous les flots les mâtures hautaines,
Ou comblant les tombeaux de deux villes romaines !

C'est ton rôle stupide, ô peuple, en ta fureur.
Tu n'es ici, comme eux, qu'un fléau destructeur ;
Le flux qui t'apporta, lorsque ton œuvre est faite,
Te remporte, et, comme eux, tu laisses ta conquête !
Lorsque ta vague impure inonde le saint lieu,
Tu n'es qu'un instrument et tu venges le Dieu
Dont tu pilles l'autel et fusilles le prêtre.
Crois donc ce que tu veux, tu n'es et ne dois être

Que l'*Expiation*, ton nom est *Châtiment*.
Ton œuvre de bourreau ne dure qu'un moment.
Et de quel autre nom veux-tu donc qu'on te nomme,
Puisqu'en cherchant quelqu'un pour incendier Rome
On ne pourrait trouver que toi-même ou Néron ?

Sur le compte d'autrui tu mets la trahison,
Et tu gardes pour toi l'honneur et l'héroisme,
Toi seul as le courage et le patriotisme,
Toi seul aurais su vaincre et toi seul sais mourir !
Mais je ne sais aussi que toi, dans l'avenir,
Pour d'un coup de maillet décapiter nos gloires,
Sous la boue effacer les noms de nos victoires.
Promener dans Paris cet ignoble drapeau
Qu'on taille dans le drap qui couvre l'échafaud !
Au hasard, dans des noms que tu ne sais pas lire [1],
Prendre tes condamnés— détruire pour détruire !
Quel autre encor voudrait brûler nos monuments

---

1. Le personnage officiel annonce tout d'abord, comme une chose toute simple qu'il lui faut quinze noms ni plus ni moins, a chacun maintenant de répondre à l'appel du sien. — Le nom du P. de Bengy, le troisième sur la liste, mal ecrit, fut encore plus mal prononce. Il se contenta de repondre avec un naturel parfait : « Si vous voulez dire de Bengy, c'est moi, me voici » (*Actes de la captivité et de la mort des RR PP. P. Olivain, L. Ducoudray J. Caubert, A. Clerc, A de Bengy, par le P. A. de Ponlevoy.*)

Pour éclairer, la nuit, les soupers allemands ;
Pour complaire aux Saxons assis sur nos collines,
Sur les ruines d'hier jeter d'autres ruines,
Et sous leurs yeux moqueurs s'atteler tout entier
Pour abattre, au soleil, sur un tas de fumier,
Leur vainqueur qui tomba, dans un jour de bataille,
En soldat qu'il était, sur un lit de mitraille ?

Oui, tu sais emporter les mortiers, les canons
Trouvés dans les chemins, dormant sur les gazons;
Mais lorsqu'il faut aller en rampant sur la terre,
Éclairés par leurs feux, là-haut, les faire taire,
On ne te trouve plus! J'ai parlé de réveil !
Mais alors dormais-tu d'un si profond sommeil
Que tu n'entendis pas, sur la plaine ébranlée,
Passer, comme un vent d'ouest, leur bruyante volée ?
— Tu n'avais pas de chefs ? — Et tu sus en avoir
Le jour de la révolte ! Or, le jour du devoir,
Où donc se trouvaient-ils ces hommes de génie
Qui t'ont conduit si loin.... jusqu'en Calédonie ?
O peuple, je te plains, mais ceux-là je les hais,
Avec tout mon cœur d'homme et mon sang de Français,
Qui, sans avoir repris, aux jours de la défense,
Paris aux Allemands, le volent à la France !
Mais d'autres sont aussi que je prends au hasard,

Comme toi... tes élus : de Dampierre et Bernard,
Baroche, Franchetti, Guilhem et Rochebrune,
Ont servi leur patrie et non pas la Commune.
Ils étaient tous Français, ils étaient tous soldats,
Et pour les relever on ne les cherchait pas
Sous un tas de pavés arrachés à la rue.
En passant devant eux l'ennemi les salue ;
Mourant pour leur pays, ils sont morts en héros ;
Leur devise est l'honneur, la gloire est leur repos !
On ne peut les compter sur les champs de bataille,
Ceux qui, frappés au cœur, hachés par la mitraille,
Pour être sans reproche, ont combattu sans peur
Sous les plis d'un drapeau qui n'était pas le leur,
Et qui n'ont vu, pour eux, que la France à défendre,
Au lieu d'un trône vide et d'une place à prendre !
Le baptême du sang fit jadis des chrétiens,
Il peut bien aujourd'hui sacrer des citoyens,
Et ceux-là le sont tous et seuls le peuvent être
Qu'aux jours des grands périls on voit toujours paraître
Pour marcher en avant, qui n'ont point travesti
L'œuvre nationale en œuvre de parti,
Et qui nous ont prouvé que rien ne peut, en somme,
Empêcher qu'un Français ne meure en gentilhomme !

Tous coupables hier, malheureux aujourd’hui,
De soldats devenus mendiants, c’est pour lui,
Pour le sol envahi, pour la terre occupée,
Que nous quêtons votre or, n’ayant plus notre épée !
Il nous en faut beaucoup, donnez, donnez encor,
Oui, donnez, aujourd’hui le fer vaut plus que l’or,
Il nous faut racheter ce qu’on n’a pu défendre,
Payer ce qu’ils ont pris, ne pouvant le reprendre.
O filles de la France ! ô sœurs de nos vaincus !
Nous vous demandons peu, mais vous donnerez plus.
Arrachez de vos mains, jeunes vierges stoïques,
Vos colliers, vos bijoux et vos vieilles reliques,
L’honneur vous le commande et c’est presque un devoir:
La parure aujourd’hui c’est de n’en point avoir !
Donnez, pour que le monde, en vous voyant, envie
Jusqu’à ce sacrifice offert à la patrie
Et sache qu’aussi bien que toute majesté,
La tristesse a sa grâce et le deuil sa fierté !
Donnez, donnez encore ! En ces rudes épreuves,
Vous ne devez garder que le collier des veuves.
Aux pieds du vieux César allemand jetez tout,
Pour qu’il se baisse alors que vous serez debout !
Puis, devant nous, passez, sans bijoux, sans parure,
Pour nous redire ainsi la défaite et l’injure,
Et laissez entr’ouverts vos écrins de velours,
Pour que la perle absente y rappelle toujours

Ce que vous avez fait, ce qui nous reste à faire !
Car d'autres jours viendront qu'il ne faut pas vous taire,
Où, reprenant le glaive, on verra les vaincus
Reprendre leur courage et leurs mâles vertus,
Où peut-être le Dieu qui protége la France
Aura pitié de nous et de nous souvenance !
C'est à cette heure-là que nous viendrons encor
Et que nous vous dirons : « Hier, c'était votre or
« Qui rachetait la France, aujourd'hui c'est l'épée,
« Dans vos pleurs d'autrefois maintenant retrempée ;
« Nous allons relever leurs insolents défis,
« Et nous vous demandons vos époux et vos fils ! »

JOSEPH LAPALUS.

Paris, février 1872